치유 시집

존재의 치유

박재천

나날이새롭게

_____님께

년   월   일
_____

_____드림

시인의 말

무에서 유를 창조하시는 기적을
경이롭게 바라보며, 기록하며, 감동하는 시인들은
영안을 열고 그 깊고 오묘한 능력에 매료되어
이를 노래하며, 황홀에 이르기도 한다.

존재에 대한 시집으로
다섯번째 존재의 치유를 출간하는
시인의 마음방에는 치유의 향기가 가득하다.

존재는 이땅위의 현존하는 시공간을
넘어 과거, 현재, 미래의
모든 존재로 기억될 수 있다.

그러나 치유 가능한 존재는 현재
눈에 보이는 존재에 한정된다.
시를 보는 시심의 눈이 치유될 때
시의 새 지평이 열릴것이다.

시 한줄이 상처난 마음을 조금이라도
치유 할 수 있다면 다행이다.

여기 시들은 내면의 고요와 묵상의 샘터요
내 존재의 비늘과 같고 삶의 분신과 같다.

작은 치유의 기적이 큰 감동으로 새로운 존재로
이어질 놀라운 비젼을 꿈꾸면서

2011년 광복절 아침에

박 재 흰

목차

제2부 그래도 인생은

제3부 시월 십자

제4부 삶은 삶

1부

존재의 환희

사랑하는 자여

그대여 사랑 안에 거하여 사랑을 생각하고 꿈꾸고 말하라
사랑을 입술로 시인하고 즐거워하라

그리고 사랑의 지경을 넓혀라
그대의 원수까지도 사랑하여 순수한 사랑의 꽃을 피우게 하라

십자가의 길 비아돌로로사 눈물과 수난의 발자취 따라
그 무거운 십자가 지고 끝없는 사랑으로 걸으신 임을 생각하며
미움과 갈등은 대화로 풀고 모든 아픔을
서로 품으며 섬기며 하나 되라 사랑으로 치유하며 회복하라

항상 서로 용서하며 위로하여 미움의 앙금은 떨쳐 버리고
교만한 마음은 겸허함으로 주 안의 샬롬으로 나아가라
지구촌 곳곳에 피 묻은 사랑의 복음 눈물 어린 사랑으로 전하라

그리하여 구원의 나팔을 온 누리에 진동하여
감격과 감사의 눈물을 흘려라 사랑하는 자여

존재의 심연

처음의 처음으로
시작의 시작으로 가서 그 무엇을 만나랴
공허와의 만남은 곧 공허뿐이리

아득한 태고의 형상들을 만드신 분이
지금 순간 내 맘에 빛으로 오시면
수많은 입자의 검은 공허가 사라지리라

인생은 내면의 밑바닥에서 비로소 존재
이유를 발견한다
비존재에서 물러서서 물어보라
왜 존재하느냐고

헛된 낙엽 한 잎에도 노래가 있어
참을 수 없는 가벼움으로 떨어진다
영혼의 심연에

존재의 환희(1)

시간에 대하여 묻지 말라
옛부터 있어 온 모든 존재들에게
과거의 흘러간 시간을 말하지 말라

환희의 순간들에게 유혹 받지 말라
지금 이 순간이 곧 환희가 아닌가
숨소리 들으라

태고의 우주와 그 존재를 논하는 자들은
무수한 세월의 아픔을 모르나니
그 아득한 창조의 역사를 노래하지 못하네

세월은 논의의 대상이 아니요
노래의 상대일찌니

세상의 모든 존재의 아름다움은
존재의 환희에 있다

있음의 크나큰 기쁨에서 비롯된다

치유

힘없는 병상의 얼굴
초췌한 옆 모습
강건은 강건너 가고
피골이 상접한 육신의
따뜻한 치유를 위해

심령에 불꽃튀는 성령의
뜨거운 역사하심이여

유년시절의
이름 모를 병으로 부터
성인병에 이르도록
병마에서 구원하여
새 날 맞으리

희망의 날 맞이하리

본질과 현상

나무의 뿌리가 본질이므로
땅속 깊이 내린 뿌리가 이어준
가지 끝의 꽃은 현상

꽃지면 내년 봄 피는 꽃이
현상으로 잠깐 웃을 뿐이다

삶의 계곡에서 눈물 흘릴 때
떨어진 현상을 돌아보아서는
결단코 본질에 충실하지 못한다

눈에 안보이도록 땅속에 뻗어 있는
뿌리는 누구에게나 숨은 노력과 인내를
의미하네

아무에게도 아픔을 이야기하지 않고
누구에게도 기쁨을 자랑하지 않고

본질의 뿌리는 임무에 충실하네
별이 안 보여도 별을 상상하며
뻗어가는 뿌리에 수분이 꽃잎에
이르게 하네

삶 역시 꽃보다 역경의 뿌리로 인하여
더더욱 향기롭다

자연 치유

하늘 푸른 창공이
어두운 우울을 치유한다

먹구름 낀 하늘 위에도
태초의 하늘 눈부신 하늘이
빛나고 이 땅의 외로움과
병고의 마음을 치유한다

여름바다는 청청한
하늘 향해 출렁이면서 자연
사랑을 이야기한다
사랑의 대화는 치유를 낳는다

인생은 자연 속에 큰 꿈을 키우고
자연히 성장하며 간혹
신묘한 조물주의 운행의 발자취를
깨닫는다

하늘이 하늘에서 하늘 문을 열고
바다가 하늘 향해 가슴을 열 때를
예리하게 통찰하는 자는 드물게
행복한 치유자다

치유의 도

그대여
사노라면
길 잃어 헤매며 방황할 때
가슴앓이로 낙심할 때

치유의 손길을
내면의 오솔길에서 찾는다

그대여
사랑하는 이와
이별곡을 부를 때는
세파 건너 천국도
넉넉하게 바라볼 수 있다면
치유의 도는 자연히 따라 오리라

번뇌의 나라에는 희락이 없고
어둠과 절망뿐인 것을

그대여
신병보다 마음의 심병이
더 깊으니 치유의 도를 깨치어라

존재의 환희(2)

새 한날의 시작은
동녘 웅장한 태양 빛을 타고
이 땅에 편만하네

그리움이 피어나는 꽃들 몸 찬양
그 향기 몸살 일으키듯 하여도
어이하랴 꽃 보다 흐드러 지느니

밤 하늘의 총총 아름다운 별들
보석처럼 반짝 반짝 일 때 그대
영원히 불변의 보석되어 하늘에 사무치네

환희, 무한 즐거움의 존재들이여
그대 가진 바 없으나
다 가진 듯 부요하여라

달아 달아 존재하는 밝은 달아
환한 얼굴 수줍음이 익은 얼굴
그대 속에 내가 있음을
내 속에 그대 있음을 알라

치유 칠 단계

하나뿐인 내 존재의 소중함을 발견하라
오장육부 사지백체 몸과 마음과 영혼 강건하라

둘러선 벗들의 박수와 응원을 기억하라
힘과 용기를 주시는 전능자를 확신하라

셋이 함께 갈 때 스승이 있음을 알라
모든 사람의 장점을 배우는 현명한 사람이 되라

넷트웍을 통해 소통하며 풍요로운 삶의 지식을 공유하라
동시대 수많은 사람과 더불어 함께 호흡하라

다섯 손가락 깍지 끼고 무릎 꿇고 기도하라
치유의 열매는 응답으로 나타난다.

여섯 하나님이 사람을 만드시고 참 좋으신 날
토요일은 주님의 날 예비일 준비된 축제의 날

일곱 안식과 쉼의 철학을 깨달으라
참된 쉼의 뿌리이신 주님을 마음 깊이 모시어라

치유 약

만병통치 약 사랑이다
인생 험한 길 주저 앉고 싶을 때
어깨 두드리며 일으키시는 당신
사랑의 눈길 손길이여

어떤 사람이 구원하리요
병든 심신 영혼을 건지리요
그 누가 치유하리요

헤어져 눈물 흘리는
남여의 사랑 말고
보혈처럼 뜨거운 사랑의 약
주 예수가 사랑이요 그가 약이다

치료자의 미소는 위안과 화평을
안겨준다
사랑의 미소는 핵의
위력보다 따스하고 강하다

사랑하는 자여
사랑하라 사랑을 입어라
벗어주라 남기어라 치유 약이다

발상전환

내 사는 게 아니라
살아드리는 것이요

내 일생 다 가는 것이 아니라
그 나라 준비함이요

내 그대를 사랑함보다
그대 나로 인하여 사랑을
생각하게 함이요

풀 한 포기에 맺힌 이슬처럼
잠시 아름다운 것이 아니라
순간에서 영원으로 빛나리라
그 분이 주신 모든 것은

설사 원수가 걸어와도
미소를 웃으며 포옹할 가슴으로
아니 눈물 흘리리요

멈추지 말라 그대여
꿈 같은 세상에 빠지지 말라
허송의 세월은 곧 눈물처럼
안타까워라

이름 모를 그 누구의 목숨처럼

새 봄을 기다리는 마음

새 봄의 푸르름으로 날아라
마음의 하늘 높이
미로의 인생 길 눈물 골짜기에서
바라보는 별은 오늘 따라
영롱하게 빛난다

쪽방 독거노인의 차가운 방에
고독과 해로하며
생존의 허무와 호흡하면서도
하늘은 결혼식 날 보다
더더욱 맑고 아름답거늘

사랑의 새 봄, 따뜻한 그 분의
새봄을 기다리며 고된 호스피스의
얼굴마다 미소로 환하구나
사랑하는 그대여 어디를 가는가

밤을 잊고 눈물로 지새는 나날 속에
한숨 삼키며 구름을 넘어 하늘의
음성을 들어 보아라
새 희망의 봄은 새 마음에 꽃피나니
새 미래의 꿈은 아지랑이 처럼

새해의 비전

꿈처럼 사라져간 세월 속에
용해된 한숨과 시름을 잊고
기쁨의 두레박으로 생수를 퍼 올리며
갈한 심령, 성령의 물로 배부르게 하소서

태산같은 인격으로 바람과 눈비 견디며
사계절처럼 고상한 아름다움과
바다같은 사랑으로 덕을 품게 하소서

주님의 십자가의 사랑으로 모든 맨토와 맨티는
찬란한 님의 광채를 온 영혼에 받으며
주어진 사명 감당케 하소서

악령의 미혹을 말씀의 검으로 물리치며
진리로 거룩함을 입으며 날마다 승리의
삶 살게 하소서
새해 새 희망으로 세계를 품게 하소서

새해의 새노래

이천팔년 하나님이 내리신 시간의 선물인 새해
금쪽보다 귀한 순간순간의 모음 하루하루의 덩어리
주 위하여 그 나라 위하여 쓰임 받는 시간 나날 되어라

천지만물 감사하며 찬양 하여라 삼천리 금수강산
아름답게 가꾸며 자연을 애호하고 애용 하여라
이 땅에 하나님의 평화가 이루어지며 복음으로 넘치어라

팔도강산에 그리스도의 푸르고 푸른 계절이 오게 하며
남북이 복음으로 통일 되어 전 세계에 한 민족으로
선교의 새 지평을 열어라 한 마음 한 뜻으로 다 함께

복음으로 복 받아라 그리스도의 임재를 체험하며
감격과 기쁨으로 이 신앙 간증하라 목장마다 푸른 초장
쉴만한 물가로 나오라 믿음의 날개로 위로 솟아오르라

선교의 새아침

주여
신비로운 미래, 새해를
새 아침을 주심
두 손 모아 감사 기도
입을 열어 성호 찬양

오대양 육대주 원주민에게도
소명따라 달려간 선교사들
바울처럼 푯대 향해 나아가
선교사명 감당하게 하소서

오직 예수그리스도를 위하여
오직 말씀전파를 위하여
오직 영혼 구원을 위하여

주여
2010년 새해 새 희망
부푼 꿈을 안고
이역만리 언어의 장벽 넘어

풍습의 울타리를 넘어
선교의 씨를 온누리에 뿌리게 하소서

선교의 새 아침에
푸르른 꿈을 안고
힘있게 솟아오르게 하소서

지금의 道理

지금을 보라
지금을 웃으라
지금을 즐기라
지금을 기뻐하라

누군가 물으면
지금 답하라
지금이 답이라

지금 이 순간
이 찰나의 섬광을
찾으라 발견하라

부질없는 일에 얽매인 자여
지금의 보화를 허송하지 않는가

지금을 잡으면
벌써 지금이 지금이 아니다
과거로 가버린 지금
회상하지 말라

지나가는 스쳐가는
지금의 흐름속에서
깨달음의 환희를 알라

미래의 꿈
지금을 꿈꾸라 사랑하라
뭇 별처럼 지금을 노래하라

한국교회에 고함

한국교회여 가시밭길 걸어온 한국교회여
피 흘려 사신 구원의 방주여

오만 제단 강단에 선 사자들이여
농어촌 섬에서 대도시와
원주민 선교에서 오대양 육대주에
산재한 선교사들이여

스스로 정죄하며 나약하지 말라
자신의 문제 넘어 웃으시는 주님을 보라

고난 시대의 순교자를 생각하고
위로와 힘을 얻으라

분열과 논쟁과 이별의 세월들
남은 것이 무엇인가
세상의 냉소 무관심 비난 아닌가

한국 교회여
회개에 숙달되고 변화가 없는
안타까운 교회들이여

새로워지고 변화하여 새 역사를 이루라
지금 한걸음부터 행동하라
사랑하는 한국 교회여

국민비전

국민 가족과 조국 위에 새해에도
오묘하신 하나님의 능력 임하소서
국민비전 성년에 이르도록 은혜주신
이레의 하나님께 감사하게 하소서

민족의 번영을 꿈꾸며 국민 모두
하나님을 두려워하며 정직과 성실
로 살며 사회의 온갖 부정과 부조리
를 참회하고 새 아침을 맞게 하소서

비상하는 독수리처럼 솟아 오르는
희망찬 대한민국 세계의 중심 이루고
호랑이처럼 포효하는 말씀 선포의
해가 되게 하소서

전하고 가르치는 기적의 말씀으로
영의 양식을 삼고 가정과 교회가
거듭나며 병든 사회를 치유하며
성년 국민 비전 사명 감당하여
하나님의 감동하시는 새해 되게 하소서

2부

그래도 인생은

그대여 그 너머를 보라

그대여
그 무엇을 사랑하는가
어디에 몰입하여
침잠하는가 나날들을

물질인가 그대여
쥐면 빠져나가는 모래처럼
허망할 따름, 잠시 머무는 구름일 뿐

누가 가지고 가는가
그 누가 움켜 잡고 영원으로
떠나는가

그대여 그 너머를 보라
그분이 환히 웃고 계심을

그대여 쾌락인가
한때 반 때 참으로
짧은 순간의 깊은 허무를 맛볼 뿐

결국 쓴 뿌리로 남는다

그대여 그 너머를 보라
창조주의 환한 빛이 비침을

고귀한 생의 그대여
그대가 빛살 무지게 그리면
영혼 기뻐 춤추리
마음 기뻐 강물처럼 흐르리

그래도 인생은

만일 그대가 철없이 산 세월을
후회하거나
청춘을 방황하며 흘려 보냈어도

때로는 삶의 낭떠러지를 경험하며
구비구비 가파른 절망 직전까지 갔었고
수많은 삶의 고비를
마치 올림픽 장애물 경기처럼
달려 왔다 할지라도,

인생살이 치열하고 험해도
한없이 슬퍼하거나 탄식하지 말라
이 땅 위에 아주 많은 인생들 모두가
각자의 무거운 짐을 안진 자 그 누구랴

그대여 실패와 곤고와 가시밭이 앞에 놓여 있어도
그래도 인생은 향기롭고
저래도 삶은 빛나는 선물이고
뭐래도 생명은 값지고

병상에서도 그대 인생은 고귀하며
언제나 인생이 아름다운 풍경화처럼

눈물처럼

세상에 눈물처럼 귀중한 액체는 없으리라
그 속에 긍휼히 여기는 애련이 있고
그 안에 나의 소년 시절 거울이 빛나고
꿈 많은 시절 찬송 소리도 들어 있으니

손풍금에 춤추던 그 시절
세상에 태어난 기쁨 누리며
비전에 찬 노래 불렀었고

아버님의 꾸중을 먹고 자라
아버지의 길을 가고 있는가

혼자 돌아 앉아 명곡에 울고
찬송에 울고 내가 슬퍼 울고
어머니 기도 소리에 울고
부흥 사경회에 은혜 받고 울고

내 소년 시절처럼 지금도
그리운 옛 눈물이여

슬픔은 눈물로 눈물은 기쁨으로

바위에 앉아

온전한 바위나
흠집이 있는 바위라도
그 위에 앉으면

생각하는 사나이가 되어
상념의 날개를 달고
하늘 우러른다

그리움을 그리며
과거 위에 앉은
한 폭의 그림처럼
그림자도 없는 그림처럼
바위에 앉아

숲을 바라보며
숨을 멈추고
꽃을 보며
향내에 취하고

고요의 순간들을
하나씩 기억으로 채집한다

바위여
내 존재의 가벼움을
말 해 다오 노래 해 다오

베델에서 쓴 시

얼빠진 날 얼어 붙은 맘을 녹이려
예배당에 바리새인처럼 사두개인처럼
개인이 되어 무릎 결코 꿇지 않고
도끼눈 뜨고 성상을 우르러 보다가
문득 루아흐씨를 만나 푸뉴마 하기온과
함께 생명수를 반쯤 마시고 그 제사
얼이 들어오는 소리를 듣고 혼잠을
깨었다네

세상은 험하든지 흉하든지 악하든지
독하든지 지나가는 것 붙들려 하는자
붙들릴 뿐 그대여 자유를 원하면
집착을 버려라 고집을 던져버리고
순응과 은총과 총명과 명령을 따르고
벧엘을 다시는 떠나지 말찌니
지금 여기 행복과 복락이 있네

불꽃처럼

하늘에 하늘 위에 활짝 핀 꽃무리
누가 심었을까

인생은 불꽃처럼 아름답게
세상에 수 놓으며 빛내는 것

빨강 노랑 파랑 무수한 빛깔
화려한 하늘 유희

불꽃에 추억을 싣고
하늘에 미래의 꿈을 쏘고
자욱한 폭연에 낭만을 느낀다

불꽃처럼 살라 하늘 무지개처럼

빈 것

빈 그릇에 가득한 포만감
빈 의자에 걸린 피곤한 다리
빈 방에 가느다란 햇살들의 잔치
빈 마음에 넘치는 행복
빈 것의 아름다움
내 빈 가슴 채우네

오늘

하늘이 푸르른 새날이 열리면
새로운 희망의 찬가를 부르며
호수 같은 창공을 우르러 본다

초록빛 산들이 숨쉬는 새 아침에
심호흡하며 두팔 뻗어 품에
안으며 그 품에 안긴다.

먼 바다 가까운 바다 생명이 춤추는
새날에 아이들처럼 웃으며 함께 춤춘다

지구촌 수많은 백성이 맞이하는
오늘 또 얼마나 지구를 떠날까

오늘의 시간표를 천천히 깔끔하게
그리고 풍성하게 만들어 내일 아침
감동과 감사에 이르도록.

어느 순간도

그대여
어느 순간도
보석보다 귀하니라

구별하여
던져버릴 순간은
어디에도
존재하지 않느니

그대여
실패와 절망의 골짜기
어떤 나락에서도
소망의 빛
찬란한 순간이 오리라

구원으로 가는 문이
작고
길이 협착하여도
그 곳으로 기쁨으로 걸어가라

오늘의 금광맥
시간의 순간들을
놓치지 말아라

그대의 순간을 향유하여라

어느 깨달음

사는 나날이
풀처럼 늘 돋아나거나
풀을 눕히는 바람처럼
일으키는 솔바람 같이
늘 불어오는 것이 아님을

그처럼 세월의 한 자락
한 달이나 한 토막 한 해가
늘 기다리듯 한가롭지 않음을

지금 이 순간이 삶의 가장 소중한
황금 같은 시간임을

여기 나 혼자는 결코 결단코
나 혼자가 아님을

그 빛 속에 환한 그 얼굴
나를 보시고 계심을

이 시대의 모든 나날은
함께 사는 이들이 공유하는
사랑의 시공간임을

어버이 회상

아버님 부르면
오냐 천아
금방 다가오사
머리 만지시며
환하게 웃으실
박자 용자 묵자 영파
가장 아버님다우신
나의 멘토여

6.25 직후 폐허의 강산에
불타는 사명으로 복음 전하시며
하늘나라 확장에 온 몸을
던지신 작은 예수

경산에 덕촌교회 박사교회
대구에 문화교회 동신교회
서울에 대길교회
약한 교회 가셔서 부흥시키시고
다른 약한 교회를 다시 부흥시키시는

희소의 목회철학 부흥철학의
목회자

전국 방방곡곡 부흥 사경회
당시 이성봉 목사님과 함께
삼각산 집회 한강 백사장 집회
성령충만 이적 풍성한
성령이 인도하신 천국잔치

간디처럼 단구에 겸허한 인품
자애스런 용태
누구나 친근하게 대하시는
휴머니티의 목자

새벽기도 가실 때
육남일녀 이마에 손 얹어
기도하신 고마우신 아버님

신애보(信愛譜)
신앙 시가집을 내신 시조시인
이극찬 교수가 칭송한 싯귀들
권효의 노래
9절까지 옥구슬 꿰듯 보배로운 노래

편지 봉투 뜯어 펴서 뒷면에
설교 펜으로 적으신 절약에 모범 보이신
그리운 아버님

동신교회 고등부 김진홍
아버님 신앙 전수 받아 두레마을 일으켰고
수 많은 목회자 양육하신 모범 보이셨네

가정예배 가정교육
철저하신 아버님 바라보며
둘러 앉아 교훈 받은 칠남매
그 말씀 그 교훈 열매 맺어
두 목사 두 의사 그리고 신실한 인물 되어
아버님을 그리네

목회자 시조시인 그리고 부흥사
한국 기독교 부흥협의회 초대회장
한국에 본격적 부흥운동 일으키신
하나님의 불의 사자여

지금 하늘나라에서
영광스런 천군천사와 함께
영생을 누리시는 님이여

흠모하며 경외하며
사랑합니다
이천 팔년 두 팔로
업어드리고 싶은 영파
나의 아버님이시여

오늘 있음은

오늘이 있음은
어제 때문이 아니요
내일 때문도 아니다

너도 모르는
나도 모르는
무한 은혜 때문이다

오늘이 있음은
님에 대한 의심이나
오해 유무에 인연하지 않는다

누구나 가지는 기쁨이나
슬픔의 강을 건너서
독도의 환희에 이르러
비로소 오늘을 세우리라

지구성 어디에서 삶의 탄식
함성되어 하늘에 사무칠 때

오늘은 내일을 내다 볼 때
냉정하게도 아무 말 없으리

무언의 절망 그 터널을 지나
오늘의 꽃이 피어나리

그러므로 제군들이여 용기를 얻으라

지금행복

그대 행복을 꿈꾸는가
지금 행복하다
지금은 황금보다 귀중하다

지금이 곧 행복
순금보다 황금보다 정금보다
이 순간의 지금이 행복이다

일출의 희망
일몰의 소망
한낮의 무수한 순간들
모두 지금이다 행복이다

모든 존재는 노래하며
향기를 발한다
지금 이 순간의 행복을

그대 행복을 느끼라
먼 훗날의 행복은 아직

그대의 것이 아니다
지금이 정금이다 빛나는 보석이다

오늘의 수많은 지금이
그대를 행복하게 하는
신의 값진 선물임을
깨달아 알라

지금 여기에

세상이라는 곳 어디에나
세상 밖 어디에도
나의 지금은 없다

지금은 지금인 여기에만 있을 뿐

사랑하는 자나
받는 자나
사랑 밖에 있는 자라도
지금 여기가 황금인 것을 아는가

눈물 젖은 서신이나 일기장에
싱싱하고 푸른 빛 지금을 볼 수 없다

하룻날 심심했던 사람
황혼녘에 바빠지는 게으름이여

지금 여기에
번뜩이는 섬광을 보는가
명멸하는 불기둥을 보는가

오로지 하늘 우러르며 자신의 울타리
벗고 솟구치며 외치라
이 순간 지금을 찾아라
지금 이 순간을 잡아라

세상이 가도 세상이 바뀌어도
변치 않는 가슴으로 이 순간 지금을 품으라

3부

시월십자

그리 아니하실지라도

행복의 강가에서
그냥 이냥 강 건너 바라만 볼지라도
만약 지금까지의 은혜
한없는 그 분의 존재의 위대함을
깨닫는다면

행복의 강가에서
비록 건너게 아니하실지라도
감사하리

또 감사

아름다운 인생을 선물하심을
먼저 그 분이 계시므로
그 분의 말씀이 내 마음에 계시므로

가정과 가족을 주시므로
사랑스러움을 덧입혀 주시므로
아가의 실 웃음과 귀여움을

풀잎에 맺힌 이슬
흐르는 보석의 반짝임을
싱그러운 숲 향기를 인하여

하늘의 무수한 별들의 합창
바닷가 수많은 모래알의 화답
그리고 우주의 오케스트라 하모니

인생은 깨닫는 만큼 감사
지금 자존 만으로 깊은 감사
그 분 있음에 눈물겹게 또 감사

햇볕은

햇볕은 따스함을
햇볕은 화사함을
햇살은 밝음을 뽐내고

그
햇볕과
햇빛과,
햇살은 지상의 모든 존재를
아름답게 한다
맑게 한다 선명하게 하여
눈독 오르게 한다

햇볕이 없을 때
어둠의 광장에
캄캄한 절망이 내려 와
영혼을 침노할 때

태양은
수 많은 수호천사처럼
빛의 날개를 달고
여명을 예비하였고
전능자는 미소를

스승의 기도

주여
먼저 스스로를 살피며
참 스승 주를 우러르게 하소서

채찍과 가시관 인내하신
침묵 시간들을 기억하며
겟세마네 '하나님 뜻' 기도를 닮게 하소서

주여
부활의 새 생명 약동하는 믿음 주소서
활활 타오르게 뜨거운 성령 부으소서

원수까지 사랑하는
아가페의 전능에 힘입어
이 땅에 사랑의 계절 오게하소서

주여
꾸지람 보다 칭찬으로
문제 해답을 주며 제자들로 하여금

스스로 용기 얻어 일어 나게 하소서

스승의 말 한마디 씨앗이 되며
미래의 행동 되므로
주님 본 받아 본이 되게 하소서

저희로 하여금 땅의 칭찬보다
하늘 면류관 소망하며
겸허하게 헌신하는 스승되게 하소서

묵상

고요한 순간의 문을 열면
다시 고요한 시간의 문이 있고
그 문안에 들어와 고요한
내면의 나를 만나
생각한다

고독의 손이 떨고 있는 나를
깨우면
현실로 돌아온다

먼 지평선 너머
생각의 고향에서 불어오는
바람소리 느끼며

새로운 언어의 묵상을
계획하나니

희노애락의 하모니카
한 서린 세레나데

응원가

종이 한 장만 있으면 펜으로 그림을 그린다
서늘한 그림을, 하소연의 글귀를

그늘에서 한 숨 쉬는 자여
먼 하늘 영롱한 별을 보아라

그대의 별이 없어도
그대의 꿈이 있으리니

서러워 말라
곧 태양이 뛰어 오리라 화사히 웃으며

추억의 골짜기에서 헤매지 말고
논리의 늪에 빠지지 말고

그대여 참 자유를 얻으라
지금은 그대의 소유이니

날마다 해피 데이
날처럼 스스럼 없이

성령 체험

뜨거운 성령 강림하여
모든 죄와 악을 멸하소서

죄 없이함을 받은 자는
행복할지어다 평안할지어다

무릎 꿇고 또 꿇어
철저히 자신을 내려놓고
주님만 주님의 십자가만 바라보게
하소서

성전 문턱만 닳게 하지 말고
예수님의 마음을 닮아가라

강 같은 즐거움이 흐르는 마음으로
인생을 노래하라 주님께 찬양하라
성령이 운행하시니
성령과 동행하는 큰 기쁨 큰 사명
누리어라

참행복

참된 행복은 주 안에 주님 앞에
오직 그리스도 안에 있네 주님 오신
마음속에 가정에 교회에 복락있네
이 행복 이 기쁨으로 천국 이룬 마음이 모여
거룩한 믿음의 나라 이루어라

행복한 교회 참 행복한 교회는 십자가
보혈의 사랑을 받고 주는 교회
그 사랑 물이 바다 덮음같이 온 세상에
흘러넘치게 하는 교회
오대양 육대주 복음 행복한 빛을 찬란히 비추어라

복 있는 성도는 하나님의 은총 속에
살아가는 믿음의 성도 저 하늘 면류관
바라보며 소망하는 주의 백성들
서로 사랑하며 섬기는 신앙공동체
이제는 영원히 복이 넘치라
행복 가득 하여라 주님 오시는 영광의 그날까지

새 아침의 기도

주여
어제 갈망한 오늘이 아니어도
설레임으로 오늘을 맞고
빈 방에 내 시름을
티끌만큼도 남기지 않고
내려 놓은
새 날 새 아침을 맞게 하소서

주여
내 안의 우주를 다스리는
영의 거룩함을 사모하며
순간 순간 감사하게 하소서

자연을 사귀며
키 큰 나무의 긴 기도의 소리를
듣고 당신의 은총을
깨닫게 하소서

삶의 황홀은 육신에 있지 않고
깊은 영혼의 교감에서 샘처럼
솟아남을 느끼게 하소서

덧없는 세상 한 많은 세상을
천국 맛나게 살 수 있는
심령의 환희를 넘치게 내리소서

애정어린 눈으로 자비한 마음으로
사물을 보며 이웃을 살피며 다정한
미소로 반가움을 선물하게 하소서

존재의 실존을 경험하며 새 날을
만날 때마다 족적이 뚜렷한 하루로
승리하게 하소서

항상 슬픔과 기쁨 사이에서 방황치 말고
든든한 믿음으로 부름의 상을 바라보며
경주자처럼 멋있게 달리게 하소서

모든 교만과 거만을 버리고 겸손과 온유로
온 우주를 품으며 하루의 행복 남김없이
꿈꾸며 하늘 높이 우르러게 하소서

새로운 부활의 능력으로

보아라 이 어두움을
이 땅에 드리운 죄악의 그늘을

탐욕에 눈이 어두워
부끄러움을 잊어버리고
화인 맞은 양심으로
탕자처럼 전락한 군상들이여

부활의 능력으로 새롭게 태어나라

황금 물욕 금권에
영혼까지 파는 어리석은 가룟 유다들
거룩과 경건을 잃은 인본주의 이념속에
세상과 타협하는 부패한 무리
현대의 바리새인들이여

회칠한 무덤이여 부활의 능력으로
새롭게 태어나라

썩은 정치 도발적 문화 부패한 사회
혼탁한 교계 모든 어두움의 세력을 물리치고
밝고 아름다운 새 세상을 만들어 자녀와 후세에
자랑스러운 나라를 안겨주어라

부활의 새 아침
태양보다 찬란한 주 예수 그리스도의 광채가
어두움의 구석구석을 비추인다

영광의 대한민국 믿음직스럽고
건강한 장로교와 모든 교회를 위하여

무릎 꿇고 회개의
뜨거운 눈물을 흘리며
환골탈퇴의 각오와 뼈를 깎는 대각성의
통곡으로 그리고 행동으로
아름다운 믿음의 열매를 맺으라

새로운 희망의 대한민국
거듭난 교계를 소망하며
벅찬 가슴으로 부활의 합창을 부르자

새로운 역사의 중심에 계신
희망찬 부활의 주님을 향하여

십자가 십자가

십자가 묵상위해
빈 마음에 십자가 그립니다
보혈의 사랑을 새깁니다

주홍처럼 붉은 죄, 눈처럼 희게
씻어 주시는 우리 주 예수
죄의 무거운 짐 대신 지신 십자가의 그리스도

무한 감동 무한 영광
이 땅에 어떤 모습으로 존재하든지
그 사랑 힘입어 새 생명 충만하네

오 아름답고 귀하여라
대속의 은총 수많은 인생중에
날 찾아 자녀 삼으심 과분하도다

미물 곤충도 자기 몫을 하거늘
영장 인생은 왜 이다지도 철없을까
오 주여 깨닫게 하시며 십자가 따르리라
십자가는 십자가의 사랑을 노래합니다

체험! 사순절

그가 찔림은 ⋯ 이사야서를
눈물로 읽는 동안
세상은 간 곳 없고
십자가 성상만 보이도다
어느 때 까지니이까
인생들의 헛됨과 어리석음을
참으시는 자비의 주님
구레네 시몬처럼
힘에 겨웁게 질 수만 있다면
눈물로 기쁨으로 나아가리라
비아도로로사
가시면류관 고귀하신 보혈
우리의 죄 사하시니
하늘 영광 가슴에 벅차 오르고
감격과 환희 넘치도다
고난의 길 끝에 보이는 부활의 영광

부활이후

늘 그러하였습니다
도마처럼 의심이 많았습니다 저희는

찬란한 부활의 새벽에도
미련한 잠을 자며
꿈속에서도 세상의 영에 이끌리며

아직 의심과 확신 사이에서
방황했던 어린 저희들

보이는 명예 권력 물질에 치우치며
보이지 않는 거룩한 세계를 등한시한
어리석은 저희들

부활 이후, 부활절 이후
나의 품격과 행동 거듭나도록
부활의 감격과 기쁨을 용솟음치도록
부활의 주님이여
은혜와 자비를 베푸소서

부활 이후 육적인 생각에서 영적 생각으로
잠자던 영혼이 독수리처럼 비상하며
소명을 깨닫고 사명으로 능력을 나타나게 하소서

메마른 이 땅에 암흑의 거리에
부활의 은혜 베푸사
사랑의 샘물로, 부활의 빛으로 살아드리게 하소서

늘 그러했으나
부활 이후 나날이 새롭게 하소서

순간의 노래

순간에 영혼이 깨어 있는 자
순간마다 자신을 잃지 않는 자여

그래서
맑은 영안으로 속을 꿰뚫는 사람
마음으로 삶을 그리는 자여

매 순간의 자신을 통찰하라
새 순간의 존재를 발견하라

눈이 열린 인생 도를 찾는 자여
이 순간의 행복을 찾으라

매 순간 숨쉬며 존재를 깨닫고 음미하며
생존의 환희를 만끽하며
묵상에 잠기다 품에 넉넉한 품에
안긴다

순간에 번뜩이는 지혜를 미래의 청사진을
낚아 올리는 그대여 풍족한 그림을 그려다오

순간에서 영원에 이르는 사닥다리처럼 인생고개를
주 십자가 통해 영험하네

이 순간 희로애락 어느 하나 체험한 들
삶의 맛 느끼지 않으랴

시월 십자I(十月 十字)

시월의 붉은 단풍, 보혈의 언덕 그 십자가 꿈꾸네 인류 최대의 복된 소식 십자가의 사랑, 전통과 관습의 굴레에서 참 자유를 얻었네 진리가 우리를 자유케 하시고 마음에 평안을 가슴에 뜨거움을 입술에 찬송을 주셨네 전날의 탄식 변하여 감탄과 감사의 삶 되었네 핏줄마다 주의 보혈로 힘차게 새롭게 흐르고 성령의 샘터에서 은혜의 말씀 솟아나네 세상 부귀영화 미련 없이 버리고 고상하고 고매한 그리스도를 바라보며 생각하며 닮아가는 보람과 그 은총 어디에 비하랴 복잡한 것은 욕심에서 나오네 다양한 욕망은 사탄의 유혹, 문화의 가면을 쓴 이리 같은 악의 영들이여 물러갈찌어다 발 붙이지 못하게 쫓아라 멀리 사라지게 하라 구원의 천사들 이곳에 오소서 흰 날개로 힘차게 날아오소서 수많은 천군천사여 주 하나님을 찬양 경배 하여라 사랑하는 자들아 모두 일어나 천사와 함께 찬양 찬미 주께 영광 드리세 묵은 죄 쓴 뿌리 던져 버리고 맑고 밝은 심령으로 담대히 주께 나아와 그 이름 높이세 그 성호를 찬미하며 기뻐하여라 말씀의 기적을 경험하며 환희의 오케스트라의 화음을 이루어라 돌아보

라 회상해 보라 한반도 내 겨레 내 민족 그 얼마나 고
난과 위기의 역사를 살아 왔는가 험한 풍랑 이기고 여
기까지 달려온 장한 대한민국이여 세계 선교에 우뚝
선 제 2의 이스라엘 아름다운 조국이여 믿음으로 소
망으로 사랑으로 이제 21세기 영성의 세기를 열어가세
외침과 난국의 세월 뒤로 하고 푸르른 꿈을 바라보며
우리 함께 힘껏 달리세 사랑하는 자여 휠체어에서 병
상에서 캄캄한 독거쪽방에서 한숨과 눈물로 세월의 수
를 놓은 이들이여 원망스레 보인다고 원망하지 말라
밉게 보인다고 미워하지 말라 잘난 사람 가진 사람 비
교하지 말라 웃으라 멋지게 웃으라 이 생이 다 끝난
것 아니요 이 땅위의 한평생 뜬 구름 같고 명예 권력
잠시 잠깐이요 꿈처럼 사라지고 기억도 못하게 되리
그대 지금 하늘이 부르더라도 후회하거나 욕하지 말라
밤하늘 별보다 영롱한 천국의 복락 기다리고 있네 앞
서간 위대한 선지사도 만나 볼 하늘나라 소망하며 인
내하며 승리하는 생활로 빛을 발하라 오늘을 마지막
날처럼 성실하게 지금을 최고의 황금으로 여기며 순
간순간 눈부시게 참되게 거룩하게 살며 오직 그 분 광
채 바라보며 기쁘게 달려가 푯대에 이르지 않아도 낙
심 말고 구도자의 심령으로 힘차게 달리라 아름다운
인생길을

시월 십자II(十月 十字)

시월의 마지막 날, 종교개혁의 깃발이 보인다. 십자가와 부활신앙의 양대 기둥 빛나는 은빛 두 날개여 이 세상 고난의 십자가 뜨거운 가슴으로 사랑하라 부활의 소망으로 전진하며 푸르른 오늘을 살아라. 시월이 오면 오색 단풍이 화려하고 과일과 열매가 탐스럽고 일용할 양식의 벼가 황금물결을 준비하며 고개 숙여 절한다. 온갖 죄악으로 얼룩진 세상에서 죄성을 가진 인생으로 동화되어 살아가는 현대인에게 오늘의 지표가 무엇인가, 삶의 실존이유가 무엇인가? 사랑보다 미움에서, 분노와 원한으로, 헛된 삶을 사는 모습 허망하다. 사회의 모든 비리, 부조리, 물질만능 시대의 허망한 현실, 불신의 인간관계, 죄의 중독 이 모든 병리현상을 무엇으로 치유하랴. 종교와 오염 그리고 부패, 다원주의의 합리화와 보편화로 인한 무능, 현실주의로 인한 고향상실, 고독과 일탈감, 그 다음에 결국 실망과 자살! 새로워지라, 새날을 맞으라, 새사람 되어라, 새희망을 가지라, 시월십자가를 우러러 용광로 같은 가슴 앓이를 하고 값진 순금 같은 신앙을 꿈꾼다. 긴 인생 여로가 아니다. 유행 질병 각색병과 심신의 스트레

스 십자가의 보혈로 치유하며 나음을 얻으라. 모든 욕심, 시기, 질투, 교만 다 내려놓고 십자가를 바라보라. 부활을 소망하라. 짧은 인생 속에 영생을 꿈꾸며 천국 에너지로 역동적으로 살라. 고상하고 향기로운 삶을 살라. 삶의 역경 중 짊어질 시월 십자가의 환희 !!!

시월십자Ⅲ(十月 十字)

시월 십자가 아래 마음의 문 열고 묵상의 날개를 펴네
사람아 사람들아 삶에서 죽음 그리고 다시 삶에 이르
도록 인생길 영생길 가는 사람아 삶이 고달프고 힘들
때 한숨 쉬지 말지어다 십자가를 바라보라 보혈의 은
총을 깊이 묵상하라 60억 사람들아 60억 염려 근심 풍
선처럼 하늘로 날려 보낼지어다 허무의 광야를 지나
두려움과 공포의 터널을 지나 좌절의 계곡을 지난날
추억으로 기억할 뿐 영혼의 찬양으로 거룩하게 힘차게
마음 그릇 비우고 또 비우라 오직 주님으로부터 주님
을 위하여 주님에게로 행복 행진하여라 외식과 틀에
얽매여 자유를 잃은 종교인의 가면을 집어던지고 참
자유와 구원의 은총을 노래하라 성화의 기쁨과 환희를
경험하라 찬송의 힘을 기르라 세상의 헛된 욕망에 속
아 긴 세월 허송하고 탕자처럼 굶주리고 방황하지 말
고 물질 명예 쾌락에서 벗어나 희망의 새 사람이 되어
남은 삶 남은 자처럼 복 될지어다 큰 꿈을 꾸며 하늘의
별처럼 영롱한 미래를 설계하라 땅만 내려다보고 탄식
말고 하늘 우러러 두 팔 벌리고 선언하라 나는 여기 이
렇게 존재한다고 말하라 지구 수백 바퀴 돌아도 제자

리에 서면 그대로 한 인간 지구보다 큰 위대한 피조물 자신을 긍정하며 자존감을 가지라 십자가 아래서 나는 죽고 주님만 살아 새로운 인생 새로운 삶을 살지어다 믿음으로 구원 얻은 하나님의 백성으로 주님의 제자로 거침없이 간증하며 증거할지어다 결코 교만하지 말고 겸허하게 온유하게 인생 길을 걸으며 기쁨을 이기지 못하여 하시며 잠잠히 바라 보시며 참으시는 넉넉하시고 풍성하신 사랑의 전능자를 동반자로 아름다운 동행의 길에 한없는 웃음의 꽃 만발하여라 시월 십자 마음에 각인하여 용서하며 사랑하며 섬기며 살필지어다 항상 최후를 생각하며 세월을 아끼고 복음 전하여 구령에 힘쓰며 은혜에 감사하고 찬양하여라 앞서간 선지자로 수많은 믿음의 선배들 허다한 천군 천사들의 응원소리 찬양소리를 들으며 푯대를 향하여 달리어라 성화의 길 전도자의 길 행복할지어다 시월 십자가의 노래 아름다워라 거룩하여라

더 가까이

멀리 아주 멀리 배회하며 다닌 시절
무슨 철학 하나 없이 번뇌의 미로를 헤매던 계절
우주에 유명 타는 미아처럼
부모 잃은 고아처럼 고독하던 때

어둠의 골짜기 낭떨어지 위의 절망자처럼
희망이 없을 때 가까이 더 가까이 오라고
부르시는 주의 음성

길 잃은 양처럼 방황할 때 선한 목자로
자애로운 음성으로 부르시는 생명의 그리스도여

더 가까이 오셔서
나로 하여금 더 가까이 오라고 부르시며
환히 웃으시는 맑고 빛난 예수 그리스도여

존재의 샘터에서 바람처럼 지나가시는
영원의 깃털을 보며 지금 옛 소년이 되어
천사처럼 날개를 펴네

4부

삶은 삶

고독사랑

홀로 나서 혼자 먼저 가는 인생
나 홀로 너 홀로 우리를 이루는 인생살이
그러나 뼈저리는 고독이 울고 있다

헛되이 흘러가는 세월을 돌아보는 자여
그 긴 그림자가 고독이 아니다
실존의 그대가 곧 고독이다

희희락락 청춘 시절 허송하고
돌아온 탕자도 외롭다

삶의 한 가운데 붉은 태양이
빛나고 초원에 목자가 미소 짓는다

상당히 멀리 떨어져 외롭구나
그대여 여유롭게 발걸음 재촉하라
세상사 잊고 내면의 지성소에서
그 분을 만나 신비로운 동반자를 느끼라

고독은 인간을 탄실하게 만든다

고뇌

남은 염려를
쓰레기 여기 듯 말라
그 속에 헤집어 보면
추억의 명장면이
간혹 미소를 일으키나니

고독이라는 친구

인간은 홀로일 때 고독한 것만은 아닐세
홀로일 때 본질상 다 가짐의 풍요를 느끼고
온 세상과 피조 세계를 다 품을 수 있으니까

그리움이 엄습하거나 추억의 눈물을 흘릴지라도
고독의 정수와 그 참 맛을 깨달은 자 지혜로워라
낙엽에 울지 말고 단풍에 감탄하여라

순례자의 인생살이 때로는 병상에서 통곡할 때도
병문안 벗이 떠나고 쓸쓸한 시간에도
사실상 혼자가 아니므로 불행하지 않은 것

이 세상에 나 혼자 뿐이라는 생각을 지우고
이 세상 나 홀로 안았네 품었네 가졌네 생각하며 기뻐하여라

무한 경쟁의 군상들에 휩쓸려
값진 에너지 열정 시간 낭비하지 말고
근본을 찾아 생사의 갈림길에 서서 영생의 길을 택하라
허상을 버리고 참 진리를 찾아 참 삶을 살으리

고독은 절망이 아니고 희망의 별이다
고독을 벗 삼아 존재의 가벼움과 자유를 누리며
그저 고마워하자

시인의 새벽

피를 토하듯 쏟아내는 시어마다
싱싱한 고등어 등 푸름처럼 짙은 무늬로
운명을 풀어낸다

세상에서 세상과 거리를 두고
세상속에서 세상바깥의 초월을 꿈꾸며
오차원의 추억을 모자이크 한다

푸르른 새벽하늘 과거 현재
그리고 미래가 어우러진 색깔
푸르름의 먼 하늘에
님의 얼굴처럼 뚫여 있는 새벽

말없이 침묵의 새벽을 안고 씨름하거나
어제의 언덕에 기대어 있거나
혹은 나의 감옥에서 별을 찾지 말라

오늘이 절망이어도
내일은 희망이다
지금 시인은 새벽을 읊고 있다
침묵으로 피를 토하듯 눈물을 쏟고 있다

영원한 친구

그때 살아
그리스도와 나는 정다운 친구 사이였다면

그가 웃으면 나도 웃고
그가 눈물 흘리면 나도 울고
그가 겟세마네 기름짜 듯 기도할 때
나도 산에 올라 울부짖으며 뜨겁게
간구 했으리라.
산이 되어 겟세마네처럼

그가 십자가에 달리실 때
우르러 그 고통 그 완성을 바라보며 영원한
감격 맛보았으리 구원의 향기에 취하여

부활의 새 역사 시공간 넘어
오늘에 이르렀고 이제 삼백 예순 나날
한 해 감사하며 영원한 친구
이 땅에 찾아오심 찬양하네

병상에서 위로 하시며
참 평안 주시는 정다운 벗이여

고통의 골짜기에서 치유와 회복
믿음을 주시는 거룩한 친구

새해 새 날에도 날마다
영원한 친구로 함께 걸으리
아름다운 인생길을 보배로운 삶을

나 그를 살고
그는 나를 살고

우울심

햇빛 찬란한 날보다
종일 우요일이 좋은 마음

산천경계 구경이나
나들이를 싫어하여
방콕만 좋은 마음

인간 싫어 애완견만
안고 자고 먹고 노는
우울심

삶이 외롭고
스스로 왕따처럼 남겨진
잉여인

우울심에서 자유를 누리려면
우울을 이기고 다스릴 줄 알아야 한다
오직 그 분이 답이다 어느 날 홀연히
자유를 주시리라

나 기도문

내 주여 들으소서
목마름 사슴처럼 갈한 심령의
부르짖음을

나 이제 탕자처럼 돌아 왔으니
영접하여 주소서

세상의 허망 헛된 줄 알고
끊어 버리고 새 희망을 붙들고
새로운 레이스를 달리게 하소서

말씀으로 거룩하게
진리로 거룩하게 하사
경건의 깃발을 휘날리게 하소서

무엇보다
서로 사랑을 나 먼저 행케하소서

나

은하계의 티끌 지구 속에
태양 중심으로 도는 지구 위에
하나의 먼지

도(道)의 완성은 나를 앎에
있나니 나의 몸이 우주인 듯
무궁한 마음 한없어

토기 모양 한반도를 꺼꾸로
보아라 힘차게 돌출된
세계의 핵이거늘

나를 찾음은 너를 앎이요
내 속에는 우주가 있으니
신비로운 세계가 있으니

나 밖의 우주와
나 속의 우주는 하나

나의 겟세마네

동산이 없고
제자도 없고
군병들이 없어도

집요하게 파고드는
외로움이나

존재의 뿌리마저 흔드는
허무감에서
자유케 하기 위하여

나는
나의 겟세마네를 찾아
저장된 눈물을
기도에 붓고 싶다

내 속에 슬픔을 비우고
환희로 넘치도록

나에게

나에게 그림을 보내고 싶다
내 그대로의 자화상을

나에게 시를 읽어 주고 싶다
파우스트의 괴테의 시를

나에게 노래를 불러주고 싶다
엘비스의 러브 미 텐더

나에게 명언을 들려주고 싶다
인생은 짧고 예술은 길다

나에게 사랑을 속삭이고 싶다
원수 있다면 사랑하라고

나에게 응원가를 들려주고 싶다
이세상 너머 승리의 개선가를

나에게 채찍을 가하고 싶다
우물 밖 우주를 넓게 보라고

나에게 삶을 이야기하고 싶다
나의 삶 속에 얽매이지 말라고

나에게 온 모든 것은 이 땅에 저 하늘에
꿈처럼 별처럼

나는 왜

나는 왜
하늘 푸른 하늘 보면
눈물이 나는가

조국의 피맺힌 하늘
붉은 눈물의 하늘
둘로 나뉜 강토를
내려다 보는 하늘이니까

나는 왜
눈 감으면 눈물이 고이는가
눈 뜨면 뵈는
참담한 조국 남북 둘로
나뉘듯 좌우 빈부 동서
나뉜 슬픔의 안타까움
비탄의 아픔을 느끼니까

나는 왜 이토록
눈물의 환희를 노래하고 싶은가

어제

어제와 오늘 사이에 있었던 밤을
기억하십니까

꿈이 잠깐 왔다간 아름다운 그 꿈결
주변에 핀 아지랑이를

아무도 없는 시간의 평원에
또 한 사람이 정적을 깨고 나타나면
서로 바라보다가

저 건너 무성한 숲을 보며
새들의 비상도 보다가
눈인사를 나누고

새 날을 기다리는 인파속으로
빠르게 가버리지 않겠습니까

지나놓고 보면 지난 날들 속에
어제는 상당히 선명한 도장처럼
남아 있습니다

나의 부활

그리운 소년 시절에서부터
사월은 부활의 계절
나사렛 예수그리스도의 부활이었네
아무리 세월이 흘러가도
부활의 소망없는 자는 누구나
아직도 부활의 환희 알지 못하네

항상 예수 부활만 수 없이 외쳐도
감동 없는 이유는 지식뿐인
영적 맹인이니까

보혈로 말미암은 참된
나의 부활을 체험하지 못한
옛사람을 벗는 날
황홀과 자유 부활의 빛 영원하리라

부활의 새 아침은 나를 새롭게 하네
미움은 사라지고 사랑으로
불안은 사라지고 만족으로

슬픔은 사라지고 기쁨으로
부정은 사라지고 긍정으로
원망은 사라지고 감사로
허무는 사라지고 보람으로
나를 변화시키네

사망의 권세는 사라지고
생명이 약동하네
영감이 샘솟으며
시와 찬미가 흘러 넘치네
주님 부활에서 나의 부활로
건강과 생명의 부활로

자기 응원가

이 세상에 누군가 그대를
응원하고 있을까
아련한 추억 속에 옛 벗 그 누가
따뜻한 조언자였는가
힘들 때 힘을 공급했는가
사막 같은 세상에서
오아시스의 기쁨이 되었는가

누군가의 속삭임이 감미로워도
누군가의 기도소리 들려와도
그 누가 칭찬의 말 꽃 피워도
그대는 그대로 그대이다
당신은 그대로 당신의 마음 속에 있다

웃고 울고 희로애락의 삶
그 한가운데 자기를 찾아라
자기 응원의 나무를 심어라

푸르른 하늘 향한
꿈의 나무 위대한 비전의 나무를 심어
그 누구도 찾지 못할
신비의 기쁨을 내장하여 용솟음쳐라
스스로의 고귀한 내면의 샘물을

오직 주의 은혜의 생수 말씀을

산책의 말씀

한 걸음은 두 걸음을 낳고
두 걸음은 푸르름을 품는다

혼자 걸으면 우주를 품고
같이 걸으면 대화 속에
우주를 이끈다

곤한 삶의 모서리에서
진리를 찾아 인생을 조율하며
사후 세계도 소망한다

그대여
함께 걷자
함께 있음을 족히 여기며
주어진 날을 노래하라

언제
다시 오는 순간이 있는가

결코 결단코 지난 날은
돌아오지 않는다
영원을 사는 방법을 찾아
슬기롭게 살라

산책 속에 지혜를 구하라

삶은 삶

살아 있는 삶과
살아가야 할 삶과
그리고
사라지는 삶까지
모든 삶은 삶이다

그 누구도 알 수 없는
삶이라고들 삶을 말하지만
삶은 삶이다

운명의 그 어느 날이
덫과 같이 오더라도
오늘은 행복한 하루
푸르른 꿈을 심으리니

삶이 때로는 그대를 속이더라도
삶이 그대를 삶을 때라도
낙망하지 말라

생명의 삶을 삼으리니
비록 질고와 상처의 삶일지라도
삶은 삶이 빛나고 아름다우리니

삶은 참된 깨달음과 그 환희를 아는 자여

지금 이순간

지금 그대가 존재하는 그 하나만으로
응원을 바라지 말라

지금 이 순간 처음의 설레임으로
마지막의 안타까운 미련처럼 절절하다

그대여 한 줌 흙으로 남은 삶인 것을
잊지말고 지금 순간을 잡으라

참 진리는 자유를 주며 그 자유안에서
한 없는 희열과 복락을 찾는다

끝없는 자기 부정을 통한 긍정을
꽃피우며 지금 이 순간을 소유하라

청춘은 돌아오지 않지만 지금 이 순간
청춘 마인드로 생존을 이루라

지고의 금 지나침이 없도록 최고의 값진 금처럼
지금 이 순간을 살리라

착각

천년 만년 이을 세상인가
오십 년 후 사라질 생명체들이여
깨달아 알지어다

순식간에 청춘을
일식간에 명예를
일시에 권력을 놓아 주리라

그대
아름다운 얼굴 잠깐이니라

인생에게

처음 그대는 신비로운 탄생으로 황홀이었지
어린시절 아지랑이 꿈을 따라 철부지 세월이었고
사춘기 그대는 열정의 청춘 가슴이 뛰고 목마른 나날들

낫살이 들고 그대 인생을 조금씩 알만할 때
불어오는 폭풍 요란했고 호수처럼 잔잔한 삶의 정오를 맞고
장년에 이르러 칸트 인생을 옮기다가 푸르른 숲에 닿네

아마도 노년의 빛 바랜 배에 닿으면 큰 소리로 외치리라
인생아 인생아 가면을 벗으라 참 도리를 깨달으라
먼 미래의 소망을 꿈꾸는 자의 귀 기울임이여

결코 절대로 인생을 포기하지 않으면 그 날이 오리라
하늘의 푸르른 꿈꾸는 좋은 날 찾아오리라
한 송이 장미처럼 그대 인생은 향기롭지 않은가

그대여 팍팍한 세월 힘들어도 인생은, 삶은
신이 내린 은총의 선물이니 한 순간도 허송 않고
삶을 노래하며 인생을 이야기 하며 인생의 품속으로

질고가 찾아오면 못내 아쉬운 마음으로 인사하고
금방 보내드리어라 그분은 바쁜 분이니까
미소와 웃음으로 그대 인생을 장식하는 자여 행복하라

더러는 인생의 골짜기에서 보석을 캐고 생의 정상을 보아라

좋은 나날

그대여
하늘이 열리고
푸르런 하늘이 열리고

땅이 웃으며
하늘을 만난다

바다가 손짓하며
그대를 부른다

오늘 좋은 날
비록 쇠약하여도

한시름 놓고
한 덩이 염려
굴려 버리고

맑고 밝은 친구 태양처럼
환히 웃으며 오늘을 살고

그대여
인생은 결코
만만하지 않으므로
그 분과 함께 가라
고락의 오솔길을

나이와 연대와 환경을 넘어
살다간 위인의 명언처럼
멋지게 오늘도 좋은 나날

풀의 꽃과 같이

들 풀을 아는가
들 풀이 바람에
비스듬히 누울 때
꽃잎 몇 개가 흙에
닿아 있음을

잠시 먼저 시들고
의미 없이 사라질 때
하늘은
노을 붉은 잔치로
환상에 젖는다
풀의 꽃과 같은가
인생은

그날

그날 그때를 모르나
그날은 나를 안다
그날의 벗도 나를 알고
내 마음의 세월도 안다

그날이 오기 전에
철없이 허송한 무지의 인생들에게
천천히 내려오는
멀고 먼 나날들의 행진

오늘이 있기까지
그날은 산고의 고통을 안고
가까이 이르렀다

그날은 추억의 앨범에서
긴 잠을 자고
기억에서 추억까지 풍경화가
아름답다

靈海팡세

- 인간의 행복은 우주에 숨겨져 있는 것이 아니라
  마음속에 있다. 고요한 마음에서 찾으라.

- 자족 즉 스스로 만족 할 수 있는자는 복을 누릴
  그릇이 준비된 자이다.

- 인생은 짧으므로 헛된 일에 시간을 낭비하지 말고
  분명한 목표를 가지고 시간을 아끼라.

- 삶은 고귀하다 왜냐하면 생명은 천하보다 귀중하기
  때문이다. 그러므로 자존감을 가져라

- 외로울 때는 한가지 일에 최선을 다해 집중할 수 있는
  좋은 기회이다. 자신을 돌아보고미래를 설계하는
  시간으로 삼으라.

- 인생의 고난은 인생을 더욱 소중하게 만들며
  깊이있게 인도한다.

- 인생의 가장 소중한 단어는 사랑이다.
  사랑은 사람을 아름답게 만드는 원소이다.

- 치유의 용기를 주는 말은 앞으로 좋은일이 다가오고
  있다는 희망의 말이다.

• 당신의 얼굴을 거울에 비추어 볼 때 낙심하거나 한탄
  하지 말라 인정하고 희망을 선언하라파이팅! 브라보!

• 표정은 마음에서 나온다. 기쁨이 샘솟는 마음은 웃음
  으로 피어난다.

• 입술 양끝을 양간 올리기만 해도 미소의 신비가 나타
  난다. 모나리자처럼 하루를 신비롭게 사는 자가 있고
  하루를 그림처럼 사는 자가 있다

• 세계는 그 중심이 누구냐에 따라 혹은 어느 나라가 서게
  되느냐에 따라 동서양이 달라진다.

• 세계는 가깝고 할 일은 많다.

• 달력을 볼 때 오늘 날자와 요일과 함께 수많은 날들의
  숫자를 보고 지난날에 감사하고 미래를 꿈꾸어라

• 세월은 모든 사람에게 공평하다. 각자 결심에 따라
  그 열매 맺는다.

• 책은 그 속에 시공간과 사람을 싣고 가는 배와 같다
  활자의 신비가 그 속에 있다.

• 책 속에 등장하는 인물들을 만나 이야기 하듯이
  독서는 행의 재미를 제공한다.

• 독서삼매 가장 고상한 몰입의 모습이요 멋있는 인생의
  한 장면이다.

- 인생은 아름다운 꽃이다. 그러나 인간이 욕심에 끌려 추하게 된다.

- 훌륭한 인생을 위하여 고상한 꿈을 꾸며 뚜렷한 목표를 세우고 실천하는 용기가 필요하다.

- 실패는 새로운 도전을 위한 발판이 될 수 있고 절망의 원인이 될 수도 있다. 마음의 결단에 달려있다.

- 마음에 음악을 가져라 염려를 몰아내고 깨끗한 마음에 음악이 흐르게 하라

- 오늘의 기도를 내일로 미루지 말고 지금 무릎을 꿇어라 내일이 그대의 것이 되리라.

- 위기를 기회로 삼는 지혜자에게는 축복의 문이 될 수 있다.

- 기도는 응답 될 때까지 하는 끈기와 인내가 필요하다. 기도는 응답에 목적이 있지만 하나님과의 관계에 더 큰 비중을 두어야 한다. 기도는 하나님과의 교제이기 때문이다.

- 마음에 근심은 감기처럼 누구에게나 찾아오지만 마음이 건강한 자는 이길 수 있는 힘이 있다.

- 걱정은 그날에 끝내고 다음날은 백지로 새 출발하라. 하루에 있어 가장 보배로운 시간은 계절마다 다르지만 해 돋기 전 밝아오는 시간과 황혼의 해 내림의 시간이 아닐까…….

- 살아 있는 시간은 지금이다. 지금 바람을 느끼며 미소를
  느끼며 고요를 느끼는 자신을 발견하는 일이다.
  들이마시고 내 쉬는 숨운동은 새로운 사람으로
  바뀌어 더 나은 존재로 변화하는 끊임없는 교훈이다.

- 한해는 짧으나 하루는 길다.

- 인생은 짧으나 영생은 길다.

평화와 치유의 행복한 노래

홍 문 표

(시인, 평론가, 한국기독교문학선교협회장, 전 오산대학 총장)

존재의 시인 박재천 목사님이 이번에는『존재의 치유』라는 다섯 번째 시집을 상재하였다.『존재의 샘』,『존재의 빛』,『존재의 꿈』에 이어 이번에는 치유를 중심으로 하는 시들을 발표하게 된 것이다. 박 목사님에게서 그토록 강조하는 존재란 무엇일까. 그야 하나님이 창조하신 모든 존재를 말하는 것이겠지만 좀 더 분석해보면 존재는 현상적인 존재와 본질적인 존재를 모두 아우르는 개념일 것이고, 보다 근원적인 뿌리에는 바로 모든 것의 원인이 되고 결과가 되는 하나님 당신일 수도 있다.

인간은 존재인 동시에 존재를 지각하고 인식하는 존재다. 그래서 헤겔은 스스로를 인식하고 타자를 분별하는 인간은 대자적 존재라 하고, 나무나 돌이나 짐승처럼 아무런 생각없이 그 자체로 머무는 것을 즉자적 존재라 하였다. 그런데 같은 인간일지라도 스스로를 자각하고, 반성하고, 깨달아서 진실을 찾고, 본질을 찾고, 보다 나은 가치를 찾아가는 진지한 대자적 존재가 있는가하면, 동물처럼 먹는 것, 입는 것, 물질적인 것, 본능적인 것들에만 급급하는 즉자적 존재도 있다. 그렇다면 박 목사님이 추구하는 존재의 진실은 어느 쪽일까.

처음의 처음으로
시작의 시작으로 가서 그 무엇을 만나랴

공허와의 만남은 곧 공허뿐이리

아득한 태고의 형상들을 만드신 분이
지금 순간 내 맘에 빛으로 오시면
수많은 입자의 검은 공허가 사라지리라

인생은 내면의 밑바닥에서 비로소 존재
이유를 발견한다
비존재에서 물러서서 물어보라
왜 존재하느냐고

헛된 낙엽 한 잎에도 노래가 있어
참을 수 없는 가벼움으로 떨어진다
영혼의 심연에
                              ―「존재의 심연」전문

　인용한 시의 첫 연에서는 처음의 처음과 시작의 시작에 대한 질문
에서 시작한다. 그렇다면 이는 존재의 근원에 대한 탐색이다. 그런
데 그러한 탐색은 두 가지 결과를 가져오게 된다. 하나는 공허라는
허무주의이고 다른 하나는 둘째 연에서 보여주듯이 아득한 태고의
형상들을 만드신 분을 내가 만남으로 그 공허를 극복할 수 있는 것
이다. 인간의 존재의미도 바로 여기에 있다. 전능하신 절대적 존재
를 만난다면 의미가 있는 것이지만 그렇지 못한 경우는 무의미한 것
이다. 만상은 모두가 그분에 의해서 존재한다. 따라서 인간존재는
그분 안에서만 진정한 존재가 된다. 모든 만물이 그분의 피조물이고
나도 그분 안에서만 존재할 뿐이다. 이러한 존재인식, 존재자각이
분명할 때, 존재의 환희를 경험하게 된다. 작품「존재의 환희」는 그
러한 경지를 잘 말해주고 있다. "세상의 모든 존재의 아름다움은/
존재의 환희에 있다// 있음의 크나큰 기쁨에서 비롯된다" 라는 구절
은 바로 그러한 깨달음이 분명하다.

　이러한 존재자각은 치유의 근본이 되기도 한다. 내가 그분 안에 있
는 존재, 내가 주님의 사랑 안에 있는 존재라면 마음의 치유, 육체의

치유, 영혼의 치유마저 걱정할 것이 없다. 그분이 바로 치유의 주체이기 때문이다.

하늘이 하늘에서 하늘 문을 열고
바다가 하늘 향해 가슴을 열 때를
예리하게 통찰하는 자는 드물게
행복한 치유자다

「자연 치유」에서

만병통치약 사랑이다
인생 험한 길 주저 앉고 싶을 때
어깨 두드리며 일으키시는 당신
사랑의 눈길 손길이여

「치유 약」에서

그대여
사노라면
길 잃어 헤매며 방황할 때
가슴앓이로 낙심할 때

치유의 손길을
내면의 오솔길에서 찾는다

「치유의 도」에서

「자연 치유」의 핵심은 자연은 치유의 원천이라는 것이다. 자연은 우울을 치유하고 병고의 마음을 치유한다. 그러나 그 자연의 원천은 바로 창조주 하나님이다. 따라서 치유의 원천의 원천은 하나님이다. 이러한 진리를 터득할 때 행복한 치유자가 된다. 하늘이 하늘 문을 열고, 바다가 하늘 향해 가슴을 열고, 내가 하늘의 품, 바로 창조주의 품에 안길 때 행복한 치유자가 된다. 뿐만 아니라 만병통치의 명약은 주님의 사랑이다. 하나님이 세상을 이처럼 사랑하사 독생자를 주셨고, 그러한 사랑은 바로 모든 것을 치유하는 능력이 된다. 따라서 만병통치의「치유약」은 주님의 사랑이 된다. 그렇다면 세상에

치유약을 찾을 필요가 없다. 세상의 치유약은 일시적이고 부작용도
많다. 오직 주님의 치유약만이 영생의 치유약이 된다.

박 목사님의 시들은 예술적인 기교가 넘치는 화려한 시가 아니다.
그보다는 신앙인으로 목회자로 가장으로 교육자로 진지하고 열정
적인 삶이 진솔하게 표현된 정말 진실이 담겨있는 시다. 얼마 전 기
독교 텔레비전 방송에 박 목사님의 모범적인 신앙가족 7남매의 축
복받은 삶들을 소개한 일이 있다. 1950년대 이성봉 목사님과 함께
기독교부흥운동을 일으켰던 선친 박용묵 목사님의 그 간절한 기도
와 부흥사의 삶이 그처럼 축복의 열매를 맺게 되었다는 사실에도 놀
라웠지만 특히『신애보』라는 신앙가사집을 낼만큼 대단한 문학적 소
질이 박 목사님에게 이어진 것은 아닌지, 이처럼 박 목사님의 시는
기교가 과장이 아니라 부모에 대한 지극한 효와 자녀에 대한 사랑,
형제에 대한 우애, 청소년에 대한 희망, 성도들에 대한 사명감, 자신
에 대한 성실함, 이러한 것들이 뜨거운 신앙적 열정으로 승화되었기
에 더욱 화려한 시보다 감동 있고, 진실함이 있는 것이다.

이번 시집 중에「나에게」란 시가 있다. 이 시를 보면 그가 얼마나 목
회자로 시인으로 자신에게 진지하고 진솔한 삶을 추구하고 있는가
를 엿볼 수가 있다.

나에게 그림을 보내고 싶다
내 그대로의 자화상을

나에게 시를 읽어 주고 싶다
파우스트의 괴테의 시를

나에게 노래를 불러주고 싶다
엘비스의 러브 미 텐더

나에게 명언을 들려주고 싶다
인생은 짧고 예술은 길다

나에게 사랑을 속삭이고 싶다
원수 있다면 사랑하라고

나에게 응원가를 들려주고 싶다
이세상 너머 승리의 개선가를

나에게 채찍을 가하고 싶다
우물 밖 우주를 넓게 보라고

나에게 삶을 이야기하고 싶다
나의 삶 속에 얽매이지 말라고

나에게 온 모든 것은 이 땅에 저 하늘에
꿈처럼 별처럼

「나에게」전문

　박재천 목사님의 존재의 시학은 계속되어야 한다. 존재의 자각, 존
재의 올바른 인식만이 존재의 자유가 있고, 존재의 구원이 있기 때
문이다.

　치유시집『존재의 치유』를 통해 더욱 존재의 진실을 깨닫고, 존재의
뜨거운 손길을 통해 평화와 치유의 축복이 넘치기를 기원하는 바이다.

존재의 치유

2011년 10월24일 초판 인쇄
2011년 10월31일 초판 발행

지은이/ 박재천
발행인/ 박재천
발행처/ 나날이새롭게

서울 동대문구 신설동 92-72 미우오피스텔 1305호
전화 : 02-540-5682, 팩스 : 02-540-5684
E-mail/younghae@gmail.com

저자와 협의에 의해 인지를 생략합니다.
파본은 바꾸어 드립니다.

값 8,000원

ISBN 978-89-967240-0-1